La planète des singes

FichesdeLecture.com

La planète des singes (Fiche de lecture)

I. INTRODUCTION

La Planète des singes est un roman de science-fiction, paru en 1963. Ce récit a connu de nombreuses adaptations sous forme de téléfilms, bandes dessinées et au cinéma, en 1967, par Franklin Schaffner et 2001 par Tim Burton. Cette œuvre de science-fiction remet en question la définition de l'humanité.

Pour l'ensemble de son œuvre, Pierre Boulle reçut le Grand Prix de la Société des gens de lettres en 1976. Il fut, avec Jacques Spitz et René Barjavel, le pionnier de la science-fiction française. C'est l'un des auteurs français les plus traduits et les plus connus à l'étranger, plus particulièrement aux États-Unis où ses romans connurent un immense succès.

II. RÉSUMÉ DU ROMAN

Le récit est composé de trois parties.

Première partie

Jinn et Phyllis, un jeune couple de touristes voyagent dans leur vaisseau spatial et découvrent un manuscrit enfermé dans une bouteille. Il s'agit d'une expédition qui a eu lieu en 2500 le savant professeur Antelle prépare l'exploration de l'étoile super géante Bételgeuse. À bord, ils sont trois, le professeur, son disciple le jeune physicien Arthur Levain et un journaliste, Ulysse Mérou narrateur de l'aventure. Il y a aussi un chimpanzé baptisé Hector et plusieurs plantes et animaux pour les recherches scientifiques dans l'espace.

Lorsqu'ils arrivent à proximité de l'étoile, ils comptent quatre planètes gravitant autour de cette étoile. L'une d'entre elles ressemble à la Terre. Ils décident de l'explorer, en survolant les villes à bord d'une chaloupe puis ils atterrissent dans une forêt. À leur grande surprise, l'atmosphère de cette planète est la même que sur Terre, ils l'appellent « Soror ». Dès qu'ils enlèvent leurs scaphandres, Hector s'enfuit.

Ils s'engagent dans la forêt et découvrent un lac naturel ainsi que des traces de pas humains. Ce sont ceux d'une jeune fille nue qui s'approche d'eux avec méfiance. Ils décident de la nommer Nova, mais elle ne sait ni parler ni sourire et ses gestes sont assez bestiaux. Ils se baignent tous les quatre dans le lac, Hector réapparaît, mais Nova l'étrangle. Le lendemain, elle revient accompagnée de plusieurs hommes de sa tribu. Irrités par les habits des trois aventuriers, ils les déchirent puis détruisent la chaloupe puis ils sont conduits au campement.

Le jour suivant, ils sont réveillés par un énorme tapage qui les fait tous fuir, le narrateur et ses compagnons les suivent. Mais ils se rendent comptent qu'ils sont le gibier et les chasseurs sont des singes. Ceux-ci semblent raisonnables et intelligents. Arthur se fait tuer par le gorille. Le narrateur s'enfonce dans les buissons, mais il est pris dans un filet. Les morts sont exposés aux regards des guenons et les vivants sont conduits dans des chariots vers la capitale pour servir de cobaye dans des recherches scientifiques. Le narrateur est placé dans une cage individuelle en face de la cage de Nova, il tente d'attirer l'attention sur sa différence. Surpris deux gorilles avertissent leur supérieur qui est un chimpanzé femelle appelée Zira. Elle prévient son propre supérieur, le directeur de L'Institut des recherches biologiques : un vieil orang-outang. Étonné par les résultats obtenus, le vieillard, Zaïus, pense qu'il s'agit d'un cas d'humain dressé et non d'un humain conscient et intelligent. Puis ils lui font subir au narrateur un test avec Nova.

Deuxième partie

Le narrateur apprend le langage simien. Il dessine à Zira des figures géométriques et les théorèmes qui en découlent, puis le système solaire et celui de Betelgeuse, la trajectoire de son vaisseau et son origine, la Terre. Zira comprend son message et lui recommande de garder le secret face à Zaïus. Zira commence à apprendre le français ce qui leur permet de communiquer facilement.

Elle lui apprend comment les singes se sont développés sur cette planète alors que l'homme est resté à un stade d'animalité. Puis elle l'emmène dans un parc pour lui présenter Cornélius, son fiancé, un chimpanzé biologiste très intelligent et intuitif. Zira lui apprend que Zaïus voulait le transférer à la division encéphalique pour pratiquer sur son cerveau des opérations délicates, mais qu'elle l'en a empêché. Avec Cornélius, ils décident d'attendre le congrès des savants biologistes qui va se tenir dans les jours suivants où il sera présenté par Zaïus, pour révéler son secret. Le narrateur prépare le discours qu'il doit présenter lors du congrès.

Puis lors d'une visite au parc zoologique, il retrouve le professeur Antelle, qui a perdu la raison. Le troisième jour du congrès Zaïus présente le narrateur qui en profite pour exposer son cas dans le langage simien provoquant l'étonnement général des singes savants et des journalistes. Le congrès libère à contrecœur le narrateur et destitue Zaïus de ses fonctions.

Troisième partie

Cornélius est nommé directeur de l'Institut des recherches biologiques, et désigne Ulysse comme son collaborateur puis ils se rendent sur un site archéologique daté de plus de dix mille ans. Cornélius espère trouver des indices sur l'origine des singes et de leur civilisation. Il découvre une poupée d'apparence humaine habillée et parlante, confirmant son pressentiment selon lequel les humains avaient régné en maîtres sur leur planète avant les singes. La civilisation des singes est uniquement bâtie sur l'imitation.

Zira apprend au narrateur que Nova est enceinte et qu'elle l'a placée dans un endroit discret. Elle accoucha d'un garçon qui présentait tous les signes indiquant qu'il pourrait parler comme les humains de la Terre. L'événement fut tenu secret car les orangs-outangs auraient décidé d'éliminer l'enfant qui constituerait une preuve concrète de leurs erreurs scientifiques. Alors Cornelius et Zira renvoient le narrateur et sa famille sur Terre. Mais arrivés sur Terre, ils virent que l'humanité avait déjà été remplacée par les singes.

À la fin de l'histoire d'Ulysse Mérou, Jinn et Phyllis rentrent chez eux sur la planète des singes.

III. PRÉSENTATION DES PERSONNAGES

Ulysse Mérou

C'est un journaliste, il participe à l'expédition sur Bételgeuse. Il est le héros du roman, auteur et narrateur de l'aventure sur la planète des singes, seul rescapé des trois aventuriers.

Il découvre une planète où les singes dominent et les hommes ne sont que de simples animaux, il devient un cobaye. Grâce à sa volonté d'apprendre le simien et à l'aide de Cornelius et Zira il sera affranchi et repartira vers la Terre avec sa famille.

Nova

C'est une jeune femme de la planète Soror qui se baignait dans la piscine naturelle au moment de l'arrivée des trois aventuriers. Mérou la trouve belle. Elle ne parle pas elle hulule seulement et est très sauvage au début du récit. Puis elle apprend d'Ulysse et lorsqu'ils s'échappent elle sait pleurer et rire. Elle donne un enfant au narrateur, Sirius, qui pourra parler comme les humains de la Terre. Elle s'enfuit avec le narrateur vers la Terre.

Antelle

C'est un grand savant biologiste et le chef de l'expédition. Il impose le choix de l'exploration de Bételgeuse. Mais il perd la raison lors de son premier contact avec les singes.

Arthur Levain

C'est un jeune physicien et disciple du professeur Antelle. Il a été tué lors la partie de chasse

Zira

C'est une guenon de l'espèce des chimpanzés. Elle est chef de service de l'institut de recherches biologiques où le narrateur a été enfermé dans une cage. Sympathique et serviable, elle devient l'amie du narrateur et l'aide à être libéré puis à s'enfuir.

Cornélius

Fiancé de Zira, c'est un grand savant biologiste. Il est nommé directeur de l'institut de recherches biologiques et désigne Ulysse comme son collaborateur puis ils se rendent sur un site archéologique daté de plus de dix mille ans. Ils découvrent que la civilisation des singes est uniquement bâtie sur l'imitation de l'homme. Sentant le danger que provoque cette découverte pour Ulysse, il prépare avec Zira leur évasion vers la Terre.

Jinn et Phyllis

C'est un couple de riches chimpanzés, qui voyagent dans l'espace sur une voie stellaire.

IV. AXES DE LECTURE

La science-fiction

La science-fiction est un genre narratif littéraire et cinématographique structuré par des hypothèses sur ce que pourrait être le futur et/ou les univers inconnus tels que des planètes éloignées, des mondes parallèles en partant des connaissances scientifiques, technologiques actuelles. Il se distingue du fantastique, genre qui inclut une dimension inexplicable introduisant des mondes magiques.

Dans le monde francophone, le terme de science-fiction s'impose à partir des années 1950 avec pour synonyme et concurrent direct le mot « anticipation ». Auparavant on utilisait « merveilleux scientifique ».

Une représentation répandue définit la science-fiction comme un genre narratif qui met en scène des univers où se déroulent des faits impossibles ou non avérés en l'état actuel de la civilisation, des techniques ou de la science, et qui correspondent généralement à des découvertes scientifiques et techniques à venir. Bien qu'il n'existe pas de consensus à propos d'une définition de la science-fiction, presque tous les écrivains ont donné leur propre définition, on admet généralement que certains mécanismes narratifs caractéristiques doivent être présents dans une œuvre pour que l'on puisse la classer dans ce genre.

C'est un genre littéraire cinématographique qui décrit des situations et des évènements appartenant à un avenir plus ou moins proche et un univers imaginé. Il se fait sur l'évolution de l'humanité et en particulier sur les conséquences des progrès scientifiques. Il y a aussi l'utilisation d'un vocabulaire scientifique fabriqué, le voyage dans le temps, dans les lieux et la présentation des progrès comme une forme de menace pour l'homme.

Ce roman appartient donc à la science-fiction puisqu'il s'agit d'une planète dominée par les singes, trois espèces simiesques des gorilles, des orangs-outangs et des chimpanzés, complètement bipèdes et utilisant un langage articulé. Ils ont bâti une société dans laquelle chaque espèce possède ses domaines propres de spécialisation, sciences et techniques pour les chimpanzés, arts de la guerre pour les gorilles, religion, politique et justice pour les orangs-outangs. Cependant les humains sont totalement dominés par ces singes et vivent à l'état sauvage et sont réduits à l'esclavage.

Une mise en garde de l'auteur

L'auteur nous présente un miroir assez naïf de notre société. En effet une espèce dite « inférieure » domine l'homme. Le comportement des singes est identique à celui des hommes avec des chefs religieux et des scientifiques. Ils reproduisent des agglomérations, des routes et les expérimentations. Mais dans le récit ce sont celles des singes sur les hommes, de la même façon que nous le faisons sur nos singes. Les expériences sont parfois cruelles, et le lecteur se met à la place des sujets.

Ainsi il invite le lecteur à s'interroger sur le bien-fondé de ces expériences et de savoir ce qu'ils éprouvent. Sont-ils, à l'instar du narrateur, conscients de cette condition ?

Bien que la société humaine soit constituée de primates, l'auteur hiérarchise et catégorise les singes à l'image de l'homme, de ses races, des niveaux sociaux. Ainsi l'auteur dénonce ici quelques travers de notre société.

Dans le récit, les singes ont un grand retard dans certains domaines par rapport à l'époque du héros : car ils ne savent que « singer » la civilisation humaine à laquelle ils succèdent. On apprend qu'il n'y a eu aucun développement depuis plus de 10 000 ans.

Leur civilisation, contemporaine de l'auteur fait cependant des découvertes dans certains domaines, notamment dans l'étude du cerveau. L'auteur ébranle ici l'idée de supériorité humaine par rapport aux autres espèces en avançant l'idée que, d'abord par imitation, et ensuite par évolution, une autre espèce pourrait supplanter l'homme si elle en avait l'occasion.

Il est à rappeler que *La planète des singes* a connu un immense succès aux États-Unis, où le roman a été adapté plusieurs fois au cinéma. La principale adaptation au cinéma jusqu'à nos jours aura lieu en 1968 par Franklin J. Schaffner avec en rôle principal Charlton Heston.

Le narrateur, seul contre tous ?

Cette société primate est le reflet de notre société, cependant après l'affranchissement d'Ulysse, et sa compréhension de la situation. Nous ne savons toujours pas comment les singes sont parvenus à dominer les hommes et pourquoi ceux-ci ne peuvent plus parler ?

Il y a d'un côté, le grand savant biologiste et chef de l'expédition, Antelle qui perd la raison lors de son premier contact avec les singes. Puis le narrateur qui lutte contre l'asservissement et fait tout pour entrer en contact avec les singes en apprenant leur langue, en étudiant leur fonctionnement. Puis Nova qui au début du récit ne sait que hululer, parle, pleure et rit à la fin après avoir vécu auprès d'Ulysse.

Chez les singes, il y a également ceux qui pensent que les hommes ne puissent posséder ni une âme ni un esprit comme Zaïus, orang-outang, puis il y a Zira, la guenon qui devient l'ami d'Ulysse et Cornélius qui croient au potentiel de l'homme. Quoi qu'il en soit dans la société des hommes et celle des singes, il y a de grandes disparités, ceux qui veulent connaître la vérité et ceux qui la nient.

À la fin du roman, Phyllis et Jinn ne croient pas au récit qu'ils viennent de lire : « *Tu as raison, Jinn. Je suis de ton avis. Des hommes raisonnables ? Des hommes détenteurs de la sagesse. Des hommes inspirés par l'esprit ? Non, ce n'est pas possible ; là, le conteur a passé la mesure. Mais c'est dommage !* »

Dans la même collection en numérique

Les Misérables
Le messager d'Athènes
Candide
L'Etranger
Rhinocéros
Antigone
Le père Goriot
La Peste
Balzac et la petite tailleuse chinoise
Le Roi Arthur
L'Avare
Pierre et Jean
L'Homme qui a séduit le soleil
Alcools
L'Affaire Caïus
La gloire de mon père
L'Ordinatueur
Le médecin malgré lui
La rivière à l'envers - Tomek
Le Journal d'Anne Frank
Le monde perdu
Le royaume de Kensuké
Un Sac De Billes
Baby-sitter blues
Le fantôme de maître Guillemin
Trois contes
Kamo, l'agence Babel
Le Garçon en pyjama rayé
Les Contemplations

Escadrille 80

Inconnu à cette adresse

La controverse de Valladolid

Les Vilains petits canards

Une partie de campagne

Cahier d'un retour au pays natal

Dora Bruder

L'Enfant et la rivière

Moderato Cantabile

Alice au pays des merveilles

Le faucon déniché

Une vie

Chronique des Indiens Guayaki

Je voudrais que quelqu'un m'attende quelque part

La nuit de Valognes

Œdipe

Disparition Programmée

Education européenne

L'auberge rouge

L'Illiade

Le voyage de Monsieur Perrichon

Lucrèce Borgia

Paul et Virginie

Ursule Mirouët

Discours sur les fondements de l'inégalité

L'adversaire

La petite Fadette

La prochaine fois

Le blé en herbe

Le Mystère de la Chambre Jaune

Les Hauts des Hurlevent

Les perses

Mondo et autres histoires

Vingt mille lieues sous les mers

99 francs

Arria Marcella

Chante Luna

Emile, ou de l'éducation

Histoires extraordinaires

L'homme invisible

La bibliothécaire

La cicatrice

La croix des pauvres

La fille du capitaine

Le Crime de l'Orient-Express

Le Faucon malté

Le hussard sur le toit

Le Livre dont vous êtes la victime

Les cinq écus de Bretagne

No pasarán, le jeu

Quand j'avais cinq ans je m'ai tué

Si tu veux être mon amie

Tristan et Iseult

Une bouteille dans la mer de Gaza

Cent ans de solitude

Contes à l'envers

Contes et nouvelles en vers

Dalva

Jean de Florette

L'homme qui voulait être heureux

L'île mystérieuse

La Dame aux camélias

La petite sirène

La planète des singes

La Religieuse

À propos de la collection

La série FichesdeLecture.com offre des contenus éducatifs aux étudiants et aux professeurs tels que : des résumés, des analyses littéraires, des questionnaires et des commentaires sur la littérature moderne et classique. Nos documents sont prévus comme des compléments à la lecture des oeuvres originales et aide les étudiants à comprendre la littérature.

Fondé en 2001, notre site FichesdeLectures.com s'est développé très rapidement et propose désormais plus de 2500 documents directement téléchargeables en ligne, devenant ainsi le premier site d'analyses littéraires en ligne de langue française.

FichesdeLecture est partenaire du Ministère de l'Education du Luxembourg depuis 2009.

Plus d'informations sur www.fichesdelecture.com

ISBN: 978-2-511-03023-3